Cajoline
Le petit pot

Texte et illustrations : François Daxhelet

À Denis

Boomerang
Éditeur jeunesse

C'était l'été, et ce jour-là, papi Moustache avait
emmené Ficelle, sa petite chatte, chez Cajoline.
— Ficelle restera quelques jours chez toi.
Voudras-tu t'occuper d'elle ? lui demanda-t-il.
— Oh oui ! répondit Cajoline.

Cajoline, qui aimait beaucoup Ficelle, la prit dans ses bras et lui fit un gros câlin. Mais subitement, Ficelle sauta par terre et sortit de la pièce en courant.

– Où va-t-elle ? demanda
Cajoline en suivant Ficelle.
– Faire ses petits besoins, répondit papi
Moustache. Les chats sont des animaux très
propres. Chaque fois qu'elle a envie, Ficelle
se précipite dans sa litière.

– Moi aussi, je veux une litière comme Ficelle, dit Cajoline.

– Les petites filles ne vont pas dans une litière, répondit papi Moustache en souriant. Elles utilisent le petit pot.

– Alors je veux un pot ! dit Cajoline.

Le lendemain, maman arriva à la maison avec une surprise pour Cajoline. Elle déposa dans la salle de bains, à côté de la grande toilette, un objet qui ressemblait à un petit fauteuil en plastique jaune et vert.

– Voici ton petit pot, dit maman,
tu peux l'essayer si tu veux.
Quand tu seras capable
de l'utiliser, tu n'auras plus besoin de
couche et tu pourras porter une vraie
culotte de grande fille.

Cajoline s'assit sur le petit siège. Mais comme elle n'avait pas envie, il n'y avait toujours rien dans le fond du petit pot, après quelques minutes.

– Ce n'est pas facile, dit Cajoline un peu déçue.

– Il ne faut pas se décourager, dit maman.

Un peu plus tard, Cajoline, qui était
tranquillement installée devant la télévision,
sentit soudain l'envie de faire pipi.
– Maman ! cria-t-elle, j'ai enviiiie !
– Vite ! vite ! dépêche-toi ! lui dit maman.

Mais zut ! il était trop tard. Cajoline avait fait pipi
avant d'arriver sur le pot.

– Ne t'en fais pas, même Ficelle au début
n'arrivait pas toujours à temps dans
sa litière, lui expliqua maman.
– Est-ce que sa maman lui mettait une couche ?

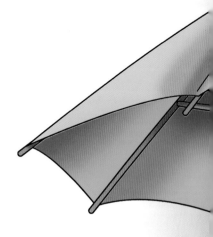

Plusieurs jours passèrent et, alors qu'elle jouait
dans le jardin, Cajoline eut envie de faire pipi.
Sans rien demander à personne,
elle courut s'installer sur le petit pot...
– Pssssss... le petit pipi coula dans le pot.

– Bravo, Cajoline ! s'exclamèrent maman et papa, tu as réussi !

– Je peux avoir une petite culotte de grande fille maintenant ? demanda fièrement Cajoline.

– Oui, bien entendu ! répondit maman.

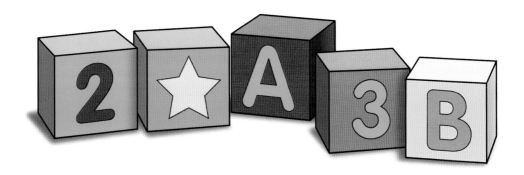

Cajoline, vêtue d'une magnifique petite
culotte décorée de fleurs rouges et bleues,
dansait de joie quand papi Moustache arriva.
– Papi Moustache ! Je n'ai plus besoin
de couche ! J'ai une petite culotte et
je suis propre comme Ficelle !

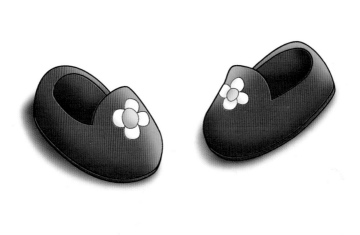
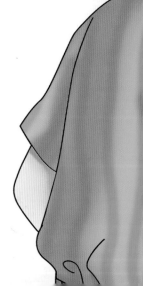

Albums de lecture*

9782895950769   9782895950776   9782895951070

9782895951179   9782895951865   9782895951971

9782895952244   9782895952374   9782895953067

*Également offert avec
une couverture matelassée :
La fée politesse: 9782895952763
Vive le partage! : 9782895952794
Le lutin Range-tout : 9782895952770
Bon appétit! : 9782895952787
Le petit pot : 9782895951810
Au revoir, la suce : 9782895951827
Chez le dentiste : 9782895953708

9782895952176

J'apprends avec Cajoline

9782895952091   9782895952107   9782895952084   9782895952077

9782895953319   9782895953302   9782895953289   9782895953296

9782895953326

Coloriages avec autocollants

2895951721   2895951713

Imagier

9782895952367

Cartes éclair

9782895953333   9782895953340

Calendrier de motivation

9782895952886

© 2006 Boomerang éditeur jeunesse inc.
2e impression : janvier 2009
Tous droits réservés. Aucune partie de ce livre ne peut
être copiée ou reproduite sous quelque forme que ce soit
sans la permission écrite de Copibec.

Gouvernement du Québec – Programme de crédit
d'impôt pour l'édition de livres
– Gestion SODEC

Boomerang éditeur jeunesse remercie la Société de
développement des entreprises culturelles (SODEC)
pour l'aide accordée à son programme éditorial.

Nous reconnaissons l'aide financière du gouvernement
du Canada par l'entremise du Programme d'aide au
développement de l'industrie de l'édition (PADIÉ) pour
nos activités d'édition.

Imprimé en Chine
Dépôt légal - Bibliothèque et Archives nationales du Québec
1er trimestre 2006
ISBN 978-2-89595-181-0

Petits cartonnés

9782895952978   9782895952985   9782895953425   9782895953418